Auf einen Blick

Klett

Green Line 4 G9

Grammatik passend zum Schulbuch

RELATIVSÄTZE

Notwendige Relativsätze (*defining relative clauses*)

Notwendige Relativsätze bestimmen näher, wer oder was im Hauptsatz gemeint ist. Wenn du sie weglässt, ergibt der Hauptsatz keinen Sinn mehr.

I like the girl **who sits next to me in English**.
This is the dog **that we saw yesterday in the park**.

Du verwendest in notwendigen Relativsätzen die Relativpronomen *who, which, that* oder *whose*. Ist das Relativpronomen Objekt des Relativsatzes, kannst du es auch weglassen (*contact clause*).

The car **(that) he drives** must have been expensive.
This is the boy **(who) I told you** about the other day.

Nicht-notwendige Relativsätze (*non-defining relative clauses*)

Nicht-notwendige Relativsätze kann man auch weglassen, ohne dass der Hauptsatz unverständlich wird, denn sie geben nur zusätzliche Informationen.

Sitting Bull, **who was one of the most famous Native American chiefs**, belonged to the Lakota Sioux.
The movie *Sitting Bull*, **which was filmed in Mexico**, tells the story of his life.
The chief, **whose birth name was Jumping Badger**, fought against the American army.

Die Relativpronomen im nicht-notwendigen Relativsatz dürfen nicht entfallen. Du benutzt

- *who* für Personen,
- *which* für Dinge und
- *whose* für Personen und Dinge, um Besitz oder Zugehörigkeit anzuzeigen.

Der nicht-notwendige Relativsatz wird (anders als der notwendige) mit Kommas abgetrennt. Beim Sprechen machst du an diesen Stellen eine kleine Pause.

SÄTZE MIT KONJUNKTIONEN

Linking words sind Konjunktionen (Bindewörter), die Sätze miteinander verknüpfen. Texte lassen sich dadurch interessanter gestalten und leichter lesen.

Hauptsatz + Hauptsatz

Konjunktionen wie *and, but, so* verbinden zwei Hauptsätze miteinander.

Hauptsatz (*main clause*)		Hauptsatz (*main clause*)
Luke went home	**and**	helped his mother.
It was warm	**but**	The sun didn't shine.
It was boring	**so**	he went home.

Hauptsatz + Nebensatz

Konjunktionen wie *when, because, so that, although, as* usw. verbinden einen Hauptsatz mit einem Nebensatz. Sie lassen sich ordnen nach:

Zeit (*when, while, after, before, until, as soon as …*)	I had seen the car coming **before** she had.
Einräumung (*although, while …*)	I had seen the car coming **although** it was dark.
Zweck (*so, so that …*)	I had seen the car coming **so that** I could step back.
Grund (*because, since, as …*)	I stepped back **because** I had seen the car coming.

Der Nebensatz kann dem Hauptsatz vorangestellt werden und wird dann durch ein Komma vom Hauptsatz getrennt.
Although it was dark, I had seen the car coming.
While most of the girls were 18 already, I was still 17.

BESTÄTIGUNGSFRAGEN: *QUESTION TAGS*

Manche Fragen stellst du nur, damit dir dein Gesprächspartner zustimmt. Das sind Aussagen, an die du „nicht wahr?" oder „stimmts?" anhängst. Im Englischen gibt es dafür die *question tags*.

We're the best band in the world, **aren't we**?
We don't need any guitar lessons, **do we**?

Als Grundregel gilt:
Nach bejahter Aussage steht ein verneintes *question tag*.
Nach verneinter Aussage steht ein bejahtes *question tag*.

Ein *question tag* besteht aus Hilfsverb und Personalpronomen. Das Personalpronomen nimmt das Subjekt der Aussage wieder auf.

Ms Walker likes chocolate, doesn't **she**?
This dog is clever, **isn't it**?

Als Hilfsverb benutzt du eines, das auch schon im Aussagesatz vorkommt.

I **can** borrow your new Ferrari, **can't I**?
You **won't** be angry, **will you**?
William is ill today, **isn't he**?
But he hasn't got the flu, **has he**?
They have had a nice evening, **haven't they**?

Kommt im Aussagesatz kein Hilfsverb vor, so benutzt du eine Form von *to do* (*do/does/did*).

They **play** very well, **don't they**?
You **won** the match, **didn't you**?

6 €

DAS GERUNDIUM

Du kennst bereits das *present participle (running, playing, writing)*, das du in den Verlaufsformen *(present progressive* oder *past progressive)* verwendest.

Chris is **preparing** dinner.
Anne was **reading** when the light went out.

Es wird gebildet aus dem Infinitiv des Verbs (ohne *to*) + *-ing*:

play + -ing → playing

Denke bei der Bildung der *ing*-Form an folgende besondere Schreibweisen:

- Ein stummes *e* am Verbende entfällt:
  driv**e** + -ing → driving
- Ein Konsonant nach betontem, kurzem Vokal wird verdoppelt:
  si**t** + -ing → si**tt**ing

Genauso wie das *present participle* bildest du auch das Gerundium *(gerund)*. Auch die Besonderheiten in der Schreibweise sind dieselben.

Das *gerund* gibt es als Verbform im Deutschen so nicht. Du verwendest an dieser Stelle im deutschen Satz in der Regel den Infinitiv. Das *gerund* kann im Satz verschiedene Funktionen haben und wird verwendet als Subjekt, als Objekt nach bestimmten Verben und nach Präpositionen.

Das *gerund* als Subjekt des Satzes

Wie ein Nomen kann das *gerund* als Subjekt in einem Satz stehen.

Acting must be a fun job.

Oft wird es dabei durch Nomen oder adverbiale Bestimmungen erweitert.

But **learning long texts** can be hard.
And **living in L.A.** is expensive.

Das *gerund* als Objekt des Satzes nach bestimmten Verben

Nach bestimmten Verben steht das *gerund* als Objekt des Satzes anstelle eines Infinitivs.

- Das sind zum einen Verben, mit denen du ausdrückst, dass du etwas magst oder nicht magst: *enjoy, hate, like, love, can't stand.*
  Our cat really **enjoys making** lots of noise at night.
  Noam **likes adding** ketchup to his food.
  He **hates eating** tomatoes.
  Many people **love reading** about celebrities,
  but some **can't stand seeing** the same celebs in the magazines again and again.

> Bei *would like* und *would love* darfst du kein *gerund* verwenden, sondern nur den Infinitiv:
> Tom **would like to work** as a teacher.
> I **would love to meet** your friends.

- Weitere Verben, die das *gerund* nach sich ziehen, sind *start, finish, stop, keep (doing sth), imagine, mind, miss, risk.*
  Connor **has just started learning** French.
  He's got the time now that he's **finished working** at the diner.
  Liz can't **stop thinking** of her vacation.
  So she **keeps looking** at the pictures on her cell phone.
  She often **imagines being** on the beach again.
  Kara has moved. She **misses seeing** her friends every day.
  If you wear T-shirts in winter you **risk getting** a bad cold.

> Die Verben *like, love, hate, stop, start* kannst du auch mit dem Infinitiv verwenden (teilweise mit Bedeutungsänderung). Bei den anderen oben genannten Verben ist das *gerund* Pflicht!

Das *gerund* nach Präpositionen

- Du benutzt das *gerund* außerdem nach bestimmten Verbindungen aus Adjektiv und Präposition, wie *afraid of, bad/good at, crazy about, famous for, interested in, tired of, used to, worried about*.
  Louise is **bad at rock climbing** because
  she's always **afraid of falling**,
  but she's **good at skiing**.
  She's **crazy about going** to the mountains in winter.
  Luke's grandma was **famous for baking** the best pie in town.
  I'm really **interested in finding out** more about the jobs you're offering.
  Hurry up now! I'm **tired of waiting** for you.
  A hundred years ago, people were **used to walking** long distances.
  Many students are **worried about not finding** jobs later.
- Das *gerund* folgt auf bestimmte feste Verbindungen aus Verb und Präposition wie *dream of, look forward to, talk about, care about, think of, feel like, worry about*.
  Many actors go to L.A. because they **dream of becoming** stars.
  They **look forward to starring** in big movies.
  They **talk about meeting** celebrities every day.
  This charity really **cares about helping** poor children.
  I'm thinking of buying a new computer.
  Jeff had been ill, so he didn't **feel like going** out.
  Don't **worry about paying** now. Give me the money later.

> Denke daran: Das Wort *to* ist nicht immer Bestandteil des Infinitivs. Es kann auch einfach eine Präposition sein, so wie in den Wendungen *look forward to* und *be used to*. In diesen Fällen folgt das *gerund*!
> I'm looking forward **to seeing** you. (*to* als Präposition + *gerund*)
> aber: I'm happy **to see** you. (*to* als Bestandteil des Infinitivs)

DIE KONSTRUKTION OBJEKT + *ING*-FORM

Du kannst die *ing*-Form auch verwenden, um über das zu sprechen, was andere tun (oder lassen). Dazu schiebst du zwischen dem Verb und der *ing*-Form ein Objekt (entweder ein Nomen oder ein Pronomen) ein.

	Objekt	*ing*-Form	
Tess dreams of	Joshua	asking	her out on a date.
She's worried about	him	not being	interested in her.

Wenn du ein Personalpronomen als Objekt verwendest, dann steht es üblicherweise in der Objektform (*me, him, her, us, them*).
In sehr förmlichem Englisch kann das Objekt auch als Possessivbegleiter oder als Nomen im *s*-Genitiv erscheinen:

His parents don't like **his** going out late. (statt: *him*)
They were looking forward to **the President's** opening the new hospital. (statt: **the President**)

> Im Deutschen gibt es diese Konstruktion nicht. Du übersetzt sie in der Regel mit einem Nebensatz mit **wenn** oder **dass**:
> Tess dreams of Joshua **asking** her out on a date.
> Tess träumt davon, **dass** Joshua sie zu einem Date einlädt.
> His parents don't like him **going out** late.
> Seine Eltern mögen es nicht, **wenn** er spät ausgeht.

DER INFINITIV MIT UND OHNE *TO*

Der Infinitiv ist die Grundform des Verbs. Er kommt im Englischen in zwei Formen vor: **mit *to*** *(to buy, to watch, to go)* und **ohne *to*** *(buy, watch, go)*.

Den **Infinitiv mit *to*** benutzt du nach zahlreichen Verben, Adjektiven und Nomen. Den **Infinitiv ohne *to*** verwendest du beispielsweise nach modalen Hilfsverben *(can, must, should)* aber auch nach anderen Verben wie *let* oder *make* + Objekt.

Der Infinitiv mit *to* nach bestimmten Verben

Verben, auf die der Infinitiv mit *to* folgt, können in folgende Gruppen unterteilt werden:

- Verben, die Wünsche / Absichten ausdrücken *(want, would like, hope, plan)*.
  I **would like to visit** New York one day.
- Verben, die Vorlieben in bestimmten Situationen ausdrücken *(choose, prefer)*.
  The stuntman **prefered to jump** from a plane.
- Verben, die Versuche oder Bemühungen ausdrücken *(try, learn, manage)*.
  Our cat **has learned to open** the box of cat food.

Infinitiv mit *to* nach Verb + Objekt

Mit dem Infinitiv kannst du eine Aufforderung ausdrücken.
Du benutzt dafür die Konstruktion

Verb + Objekt + Infinitiv mit *to*

Folgende Verben verwendest du dabei am häufigsten:

advise, ask, expect, prefer, tell, want, would like, would love

	Verb	Objekt	Infinitiv	
Jay	would like	his girlfriend	to have	more time.
I	prefer	my burgers	to be served	with ketchup.
Rob	expects	everyone	to listen	to him.
She	advised	him	not to try	anything funny with her.
You	told	me	to wait	for you at the bank.

Du kennst diese Konstruktion bereits, denn damit gibst du den Imperativ in indirekter Rede wieder:
Direkte Rede: Close the window, please!
Indirekte Rede: He asked her **to close** the window.

Der Infinitiv mit *to* nach Fragewörtern oder nach *whether*

Häufig ersetzt der Infinitiv mit *to* Nebensätze, die mit Fragewörtern (*who, what, where …)* eingeleitet werden und modale Hilfsverben (*can, must, should*) enthalten. Das modale Hilfsverb entfällt dabei.

I don't know **where to look for my lost keys**.
(**statt**: I don't know **where I should look for my lost keys**.)
Many students wonder **what to do after school**.
(**statt**: Many students wonder **what they can do after school**.)
He wonders **whether to sit** with the others or not.
(**statt**: He wonders **if he should sit** with the others or not.)

Im Deutschen wird diese Konstruktion immer mit einem Nebensatz wiedergegeben:
The hiker had no idea whether to turn right or left.
Der Wanderer hatte keine Ahnung, ob er nach rechts oder nach links abbiegen sollte.

Der Infinitiv nach Superlativen

Es gibt noch einen Fall, in dem im Englischen meistens der Infinitiv mit *to* verwendet wird, um einen Nebensatz zu ersetzen: nach Wendungen wie *the first, the last, the only (one)* und nach Superlativen wie *the best, the youngest* etc.

This is **the first magazine to show** pictures of the celeb wedding.
Parents are often **the last to know** about their kids' love lives.
These flowers are **the only ones to grow** that far north.
My brother must be **the slowest walker ever to hike** in these mountains!

Es ist auch möglich, das Gleiche mit einem Relativsatz auszudrücken, wie man es im Deutschen tun würde.

We are **the only party guests to wear** jeans and T-shirts. (Infinitiv)
We are **the only party guests who are wearing** jeans and T-shirts. (Relativsatz)
*Wir sind **die einzigen Partygäste, die** Jeans und T-Shirt tragen.*

Im Englischen verwendet man allerdings wesentlich häufiger die Infinitivkonstruktion.

Denke daran, dass *the only* … nicht ohne nachfolgendes Nomen stehen kann! Falls es keines gibt, musst du das Stützwort *one/ones* einsetzen:
He was **the only person** to see the alien spaceship.
But he wasn't **the only one** to talk about it.

Der Infinitiv ohne *to* nach *let* und *make* + Objekt

Nach *make* + Objekt (veranlassen, zwingen) und *let* + Objekt (zulassen, erlauben) wird der Infinitiv ohne *to* gebraucht. Auch hier gibst du im Deutschen den Satz mit einer Infinitivkonstruktion wieder.

They **made** her come home.
Sie **zwangen** sie, nach Hause zu kommen.

Do they **let** you stay out late?
Erlauben sie dir, bis spät nachts wegzubleiben?

MODALVERBEN UND DER INFINITIV PERFEKT

Manchmal benötigst du eine Vergangenheitsform des Infinitivs, den Infinitiv Perfekt. Er wird gebildet aus

have + past participle: *have done, have learned*

Mit der Konstruktion modales Hilfsverb (*should, must, might, could, needn't*) und Infinitiv Perfekt kannst du ausdrücken, was in der Vergangenheit hätte passieren sollen, müssen oder können.

You **should have taken** your camera on this trip.
I can't find my car keys. Someone **must have stolen** them.
Venus **might have seen** us at the mall.
Ben **could have told** Leah about the party, but he wanted it to be a surprise.
Her boss **needn't have told** her to work hard. She was doing that anyway.

GERUND ODER INFINITIV

Wann musst du das *gerund* verwenden und wann den Infinitiv? Es gibt Verben, bei denen du frei entscheiden kannst, welche Konstruktion du benutzt. Bei anderen aber musst du genau aufpassen, ob du *gerund* oder Infinitiv folgen lässt, weil sich dadurch die Aussage ändert. Diese Verben und ihre verschiedenen Bedeutungen mit *gerund* und Infinitiv musst du lernen.

Das *gerund* oder der Infinitiv mit *to*: ohne Bedeutungsunterschied

Die folgenden Verben kannst du nach Belieben mit dem *gerund* oder mit dem Infinitiv benutzen:

begin, start, like, love, hate, prefer

Die Bedeutung ändert sich dabei nicht.

Gerund	Infinitiv
The band began **playing** the first song.	The band began **to play** the first song.
At the same time, the fans started **dancing**.	At the same time, the fans started **to dance**.
The lead singer liked **repeating** their hits in every concert,	The lead singer liked **to repeat** their hits in every concert,
and the fans loved **singing** along.	and the fans loved **to sing** along.
Only Nick hated **wasting** his time with pop music.	Only Nick hated **to waste** his time with pop music.
He would have preferred **going** to a hard rock concert, but his girlfriend had asked him to come.	He would have preferred **to go** to a hard rock concert, but his girlfriend had asked him to come.

Das *gerund* oder der Infinitiv mit *to*: mit Bedeutungsunterschied

Achtung, bei den folgenden Verben musst du genau aufpassen, ob du sie mit *gerund* oder mit Infinitiv mit *to* verwendest, weil du damit ganz unterschiedliche Aussagen machst.

- stop

Gerund	Infinitiv
After three hours, the band **stopped playing**.	The driver **stopped to take** a short break.
aufhören, etwas zu tun	*anhalten/stehen bleiben, um etwas anderes zu tun*

- go on

Gerund	Infinitiv
During the marathon, Tom **went on running** even after his legs started hurting.	After Lynn had given up French, she **went on to learn** Spanish.
etwas immer weitermachen, etwas immer wieder tun	*sich etwas Neuem zuwenden*

- forget

Gerund	Infinitiv
How can I ever **forget seeing** you for the first time!	I'm so sorry. I**'ve forgotten to buy** bread.
etwas (Vergangenes) vergessen; vergessen, dass man etwas getan hat	*vergessen, etwas zu tun*

- remember

Gerund	Infinitiv
Diana **remembered eating** apple pie in her grandma's kitchen.	I must **remember to call** grandma when I'm home.
sich an etwas (Vergangenes) erinnern	*daran denken, etwas zu tun*

- mean

Gerund	Infinitiv
Working at a diner **means running around** for hours and **carrying** heavy plates.	When I've finished school I **mean to find** a job in an office.
bedeuten	*etwas vorhaben, beabsichtigen*

- try

Gerund	Infinitiv
Marge didn't like our flowers. Let's **try giving** her a book for her next birthday.	They **tried to repair** their pick-up themselves but had to give up.
es mit etwas versuchen; etwas Neues ausprobieren	*etwas versuchen*

DAS *PRESENT PERFECT PROGRESSIVE*

Das *present perfect progressive* ist die Verlaufsform des *present perfect*. Du kannst damit ausdrücken, dass eine Handlung in der Vergangenheit angefangen hat und bis in die Gegenwart andauert.

I**'ve been waiting** for my fave movie star for more than two hours, but she hasn't stepped on the red carpet yet.

Im Deutschen übersetzt du es meistens mit dem Präsens und fügst ein „schon" ein:

Ich warte schon seit über zwei Stunden auf meinen Lieblingsfilmstar…

Die Bildung des *present perfect progressive*

Du bildest das *present perfect progressive* mit *have/has + been + present participle* (Verb + *-ing*).

	have/has	*been*	*present participle*	
You	**have**	**been**	**crying**	about him since you met him.
He	**has**	**been**	**telling**	you lies for months.

Das *present perfect progressive* mit *for* und *since*

Um die Dauer der Handlung im *present perfect progressive* anzugeben, benutzt du häufig *since* oder *for*.

- Mit *since* gibst du den Zeitpunkt (z. B. einen Tag, eine Uhrzeit oder ein bestimmtes Ereignis) in der Vergangenheit an, an dem die Handlung begann:
  Ms Khan has been working here **since 1995**.
- Dabei kann *since* auch einen Nebensatz einleiten:
  I've been supporting this baseball team ever **since I watched my first match**.
- Mit *for* gibst du an, wie lange die Handlung bereits andauert:
  They have been looking for their dog **for weeks** now.

DAS *PAST PERFECT PROGRESSIVE*

Das *past perfect progressive* ist die Verlaufsform des *past perfect*. Du betonst damit die Dauer einer Handlung, die noch vor einem anderen Ereignis in der Vergangenheit stattfand.

He **had been cleaning** all day before his visitors arrived.

Die Handlung im *past perfect progressive* (*had been cleaning*) erstreckt sich bis zu einem bestimmten Zeitpunkt in der Vergangenheit, der oft durch einen Nebensatz im *simple past* ausgedrückt wird (*his visitors arrived*).

Die Bildung des *past perfect progressive*

Du bildest das *past perfect progressive* mit *had + been + present participle* (Verb + *-ing*).

	had	*been*	*present participle*	
Don	**had**	**been**	**sleeping**	for hours when a noise woke him up.

Es gibt nur eine einzige Form für alle Personen.

DIE UNREGELMÄSSIGEN VERBEN

infinitive	*simple past*	*past participle*	*German*
be	was/were	been	sein
become	became	become	werden
begin	began	begun	beginnen
bleed	bled	bled	bluten
break	broke	broken	(zer)brechen
bring	brought	brought	(mit)bringen
build	built	built	bauen
burn	burnt/burned	burnt/burned	(ver)brennen
buy	bought	bought	kaufen
catch	caught	caught	fangen
choose	chose	chosen	(aus)wählen
come	came	come	kommen
cost	cost	cost	kosten
cut	cut	cut	schneiden
deal (with)	dealt	dealt	(be)handeln
do	did	done	machen, tun
draw	drew	drawn	zeichnen
drink	drank	drunk	trinken
drive	drove	driven	fahren
eat	ate	eaten	essen
fall	fell	fallen	fallen, hinfallen
feed	fed	fed	füttern
feel	felt	felt	(sich) fühlen
fight	fought	fought	kämpfen
find	found	found	finden
fly	flew	flown	fliegen
forget	forgot	forgotten	vergessen
get	got	got	holen, bekommen, werden
give	gave	given	geben
go	went	gone	gehen
grow	grew	grown	wachsen
hang	hung	hung	hängen
have	had	had	haben
hear	heard	heard	hören
hide	hid	hidden	(sich) verstecken
hit	hit	hit	schlagen, treffen
hold	held	held	halten
hurt	hurt	hurt	verletzen, wehtun
keep	kept	kept	behalten
know	knew	known	wissen, kennen
lay	laid	laid	legen
learn	learnt/ learned	learnt/ learned	lernen
leave	left	left	abfahren, verlassen
lend	lent	lent	(ver-)leihen
let	let	let	lassen
lie	lay	lain	liegen

infinitive	*simple past*	*past participle*	*German*
lose	lost	lost	verlieren
make	made	made	machen
mean	meant	meant	bedeuten, meinen
meet	met	met	(sich) treffen
pay	paid	paid	bezahlen
put	put	put	legen, setzen, stellen
read	read	read	lesen
ride	rode	ridden	reiten, fahren
ring	rang	rung	läuten
run	ran	run	rennen
say	said	said	sagen
see	saw	seen	sehen, treffen
sell	sold	sold	verkaufen
send	sent	sent	schicken
shake	shook	shaken	schütteln
shine	shone	shone	scheinen, glänzen
shoot	shot	shot	(er)schießen
show	showed	shown	zeigen
sing	sang	sung	singen
sink	sank	sunk	sinken
sit	sat	sat	sitzen
sleep	slept	slept	schlafen
slide	slid	slid	rutschen, gleiten
smell	smelt/ smelled	smelt/ smelled	riechen
speak	spoke	spoken	sprechen
spell	spelt/ spelled	spelt/ spelled	buchstabieren
spend	spent	spent	verbringen, ausgeben
stand	stood	stood	stehen
steal	stole	stolen	stehlen
swim	swam	swum	schwimmen
take	took	taken	nehmen, bringen, dauern
teach	taught	taught	unterrichten
tell	told	told	sagen, erzählen
think	thought	thought	denken, glauben
throw	threw	thrown	werfen
understand	understood	understood	verstehen
wake	woke	woken	wecken, aufwachen
wear	wore	worn	tragen
win	won	won	gewinnen
write	wrote	written	schreiben

DIE INDIREKTE REDE MIT EINLEITUNGSVERB IM PRÄSENS

Mit der indirekten Rede berichtest du, was jemand sagt oder vor kurzem gesagt hat. Du leitest die indirekte Rede durch einen Einleitungssatz ein, zum Beispiel mit *say*, *tell* oder *write*.
Danach kommt der Nebensatz, in dem das Gesagte steht. Dieser Folgesatz wird oft durch *that* eingeleitet. Du kannst das *that* aber auch weglassen.

Holly **says that** it's really cold today.

Aufpassen: Nach *that* steht kein Komma.

Wenn das Verb im Einleitungssssatz im *simple present* steht, übernimmst du die Zeitform aus der direkten Rede in den Nebensatz der indirekten Rede.

Mum: "I **don't like** your friends."
My mum always **tells** me that she **doesn't like** my friends.

Pronomen, Zeit- und Ortsangaben in der indirekten Rede

Du musst allerdings darauf achten, dass sich die Personalpronomen, Possessivbegleiter und natürlich auch die Person des Verbs ändern können.

"**I** want to live **here** in a big house."
→ She tells us that **she** wants to live **there** in a big house.

"**You** should look at **these** photos."
→ He says that **we** should look at **those** photos.

DIE INDIREKTE REDE MIT EINLEITUNGSVERB IM *SIMPLE PAST*

Steht das Einleitungsverb des Hauptsatzes im *simple past*, dann ändert sich die Zeitform im Nebensatz.

Steve: I'**m** on a ferry.
Steve told me that he **was** on a ferry.

In der Tabelle siehst du, welche Zeit im Nebensatz sich wie verändert:

Direct speech	Indirect speech
simple present	simple past
"I **want** to move to a big city." Janice said that she **wanted** to move to a big city.	
present progressive	past progressive
"I'**m waiting** for you with dinner." Mrs Stavros told us that she **was waiting** for us with dinner.	
present perfect	past perfect
"I'**ve** never **been** outside Britain." Scott wrote that he **had** never **been** outside Britain.	
simple past	past perfect
"I really **loved** the last song they **played**." She said that she **had** really **loved** the last song they **had played**.	
past perfect	past perfect **(unverändert!)**
"British women **had not been allowed to vote** before 1918." The author wrote that British women **had not been allowed to vote** before 1918.	
will	would
"We **will fight** and we **will win**!" The fans sang that they **would fight** and they **would win**.	
can	could
"The ads on the internet **can** sometimes drive you crazy." He said that the ads on the internet **could** sometimes drive you crazy.	

Zeitangaben und Ortsangaben in der indirekten Rede

Wenn die indirekte Rede sich auf eine Aussage aus der Vergangenheit bezieht, musst du auch die Zeit- und Ortsangaben im Satz verändern.

Steve: We really had fun **yesterday**.
Steve told me that he really had had fun **the day before**.

Wenn du diese Aussage am selben Tag oder in derselben Woche wiedergibst, bezieht sich *today/tomorrow/next week* immer noch auf denselben Zeitpunkt. Du musst nichts verändern. Wenn aber mehr Zeit zwischen der Aussage in direkter Rede und der Wiedergabe der Aussage liegt, ändern sich die Zeitangaben.

Direct speech	Indirect speech
today	that day
this morning	that morning
tonight	that night
tomorrow	the next / following day
yesterday	the day before
next week	the following week
last week	the week before
two months ago	two months before / earlier
now	then

Auch Ortsangaben ändern sich, wenn die Aussage später an einem anderen Ort wiedergegeben wird.

Steve: It is cold **here**.
Steve told me that it was cold **there**.

Auch andere Angaben können sich je nach Perspektive des Berichtenden ändern: aus *this* wird *that*.

Fragen in der indirekten Rede

Fragen werden in der indirekten Rede als Aussagesätze wiedergegeben. Wenn du Fragen mit Fragewörtern wiedergeben möchtest, taucht das Fragewort auch in der indirekten Frage wieder auf.

"**Where** are you going?"
She asked me **where** I was going.

Bei Fragen ohne Fragewort (Entscheidungsfragen) leitest du den Folgesatz mit *if* oder *whether* ein.

"Have you ever visited Paris?"
He asked him **if / whether** he had ever visited Paris.

Bei indirekten Fragen gelten die gleichen Regeln zur Zeitenfolge wie bei Aussagen.

Befehle, Aufforderungen und Bitten in der indirekten Rede

Befehle, Aufforderungen und Bitten werden in der indirekten Rede mit *to* + Infinitiv, oder mit *not to* + Infinitiv wiedergegeben.

"**Do** what you have to do."
My dad told me **to do** what I had to do.
"**Don't make** me angry!"
My mum asked me **not to make** her angry.

Green Line 4 G9 – Auf einen Blick
Grammatik passend zum Schulbuch

www.klett-lerntraining.de
Bildnachweis: plainpicture (Kniel Synnatzschke), Hamburg
Druck: Achilles, Celle
Printed in Germany
ISBN 978-3-12-926111-8
9 783129 261118